笹 公人
Sasa Kimihito

現代歌人シリーズ
3

念力ろまん

書肆侃侃房

念力ろまん＊目次

装画　矢吹申彦
装幀　毛利一枝

海と団地

夏の夜の団地の部屋のカーテンに海を想えば
海は見えくる

ランドセル揺らして逃げるきみの背にどんど
んでかくなる夜の図書館

小学校二年のときの担任が川べりをゆく酒瓶
提《さ》げて

笹鳴りに心鎮めて思いおり十代の日の昼寝の
旨さ

高校生カップルの削るロングパフェに隠れ給える誕生釈迦像

何時まで放課後だろう　春の夜の水田《みずた》に揺れるジャスコの灯り

念力教室

全校生徒が砂埃あげ俺を追うアニメのような
夢を見にけり

「黒板に吸い込まれる」と叫んでらフィラデ
ルフィア事件をググりしばかりに

紫式部の腋の臭いを思いつつ黒板消しをはたいていたり

アルミホイルを体に巻いた宇宙人も歩みいる
なり学祭の夜は

東進ハイスクール講師陣のキャラ濃かりけり
地獄のディズニーランドのごとく

ＵＦＯのビームを眉間にでも浴びないかぎり
俺の怠け癖は治らないだろう

またふられしフーテンの寅に安堵する日本人
は童貞贔屓

愛犬の死の記憶など浮かばせて笑いこらえる

ポエムリーディング

教室の窓に月面せまる夜のいよいよ青いラピス・ラズリィ

ウサギ小屋に隕石墜ちし春の夜のポニーテールは煙のにおい

9の字に机ならべていたりけり夜の校庭はせいしゅんの底

かぐや姫はヴァニラの香り

かぐや姫はヴァニラの香りと感ずれば竹藪の
奥の祠がひかる

榊持ちロケットのごと飛翔せる天狗の見たる
戦前の空

おにぎりが石になっても4次元を歩き続ける

山下清

夏の夜の霊界テレビ　エジソンの白衣の裾を
映して消えた

百人の童貞に膝を撫でられてインカの少女の
ミイラが溶ける

宇宙服のなかにまぎれる蚤などを思いて春の
寝返りをうつ

何か得れば何か失う人生よ関ヶ原窓に見送る

夕べ

罰当たり三郎の青春

池の主を刺身にしたる三郎の奇病あやうし夜
の呻き声

長老の打ちし煙管《きせる》の堅さかな仁丹嚙んで耐える三郎

血の付きし一銭銅貨を握りしめ夕立のなか走りけるかも

鱗まとう三郎を睨み榊振る女祈禱師に美女の
面影

三郎に憑きたる狐逃げ去れば鳥居の朱《あか》を塗り
直しけり

人魚が駄菓子をくれた日

雨ふれば人魚が駄菓子をくれた日を語りてくれしパナマ帽の祖父

カメムシを棒でつついて雨ふらす辰爺のいた
八月の村

蓄音機に廻る桃中軒雲右衛門のＳＰ盤の上を
駆けたし

戦中の市民の日記手にとれば霊の棲みたる重
さを持てり

「大霊界」のパンフ求めて祖父《おおちち》が四つ折りの
五百円札を広げたり

宮崎の夜

きれぎれに巫女のすがたのきみ浮かび湖底の
ごとき夜の境内

へべす香る日向《ひゅうが》の空に焼酎の瓶のかたちの雲
ながれおり

「あくがれ」に酔いつぶれれば人生は芝居の
ごとし日向の夏よ

宮崎の夜道を歩くつかのまの卑弥呼・古墳で
終わるしりとり

網駕籠《あみかご》に野菜盛られて居酒屋は邪馬台国の宴
のごとし

牧水の内臓を壊《や》り荒れ狂う大蛇《おろち》眠らせし酒の
ちからよ

ああ牧水　日向の宿に寝ころがる焼酎の精を
われは見にけり

ベルフォート日向5階の黒き窓に大御神社を
おもいつつ寝る

日本怪奇紀行

しゃらりんと虫取り網で掬いたし古井戸に棲
む青き鬼火を

虹の根にふれた河童の水かきが3センチほど
切れてた話

寄りそいて濁酒あおれば山姥のはだけた胸も
よしと思えり

百日紅撫でつつおもう湯殿山《ゆどのさん》の即身仏の腕の
ほそさを

弁慶が頭巾をほどく夕まぐれ顔だけ日焼けし
てる弁慶

外人を天狗といった村人の気持ちわかるよ高尾山なう

鮒寿司を投げればぬーと浮かびくる琵琶湖の
主の背《せな》の金色

三角縁神獣鏡を磨くのみ卑弥呼の家来の家来の一日

こんぺいとう散らばる庭に干されいて座敷童
子のちいさな布団

夕焼けの鎌倉走る　サイドミラーに映る落武
者見ないふりして

黒い布かぶりて京都の町をゆく黒魔術師に夏
の衣服を

バラックの庭に咲きいるなすの花　狂女はい
つも裸足なりけり

どろどろと木造校舎の背にのぼる黒入道と目
が合えば、冬

廃校に雨の匂えば思い出す唐傘小僧の澄んだ
瞳を

にんげんのともだちもっと増やしなと妖怪が
くれた人間ウォッチ

高野山奥ノ院の闇しゃこしゃこと大師が供え
膳を食む音

月光よ　空海の屁は匂わぬぞいろはにほへど
空海の屁は

バドガールがポルシェを洗う昼下がり神保町

に湿る「維摩経」

クロウリーと王仁三郎の出会いたる横浜の夜の美《は》しき海鳴り

気分はCITY POP

バブリーにときめきたいぜ往年の角松敏生の歌詞のごとくに

海沿いのカーブをポルシェで曲がりたい稲垣
潤一の歌詞のごとくに

ゴダイゴの「ビューティフル・ネーム」脳内
にかけながら見る園児の散歩

カラオケで久保田うたえばわが胸のアフリカ
の河きらり波打つ

童貞を患いしころ飛ぶ鳥のＣＨＡＧＥ＆ＡＳ
ＫＡ街に響きぬ

いつのまにか部屋にいる母に渡されし薄桃色
のサマーセーター

ブーメランストリート

回転木片回転木片回転木片回転木片中国のテ
レビに歌う西城秀樹

本尊なき御堂のごとき淋しさに耐えられるのか四月のアルタ

あかねさす昼のタモリが見つからぬ並行世界
に響く声明《しょうみょう》

コーポ春のらせん階段かけのぼり９年前の俺
に遭いたい

ランドリーのみどりの椅子に腰かけて中央線
のしっぽ見送る

井の頭の池干上がればあるだろう自転車・カ
ミツキガメ・小春日の恋

眼鏡蔓に毛髪一本啄まれへこむよ三十八歳《さんじゅうはち》の

晩秋

落ち込んだときだけ視界に入りくる本棚の隅
の加藤諦三

かに道楽の看板の蟹に挟まれて死ぬのもいい
ね　滲む街の灯

A MOVIE

〜大林宣彦監督に捧げる〜

転校生

見つめあいながら転がる石段にあいつとおれ
の夏まきもどす

8ミリのカメラに手をふる一美《おれ》がいたモノク
ロームのあの夏の日の

時をかける少女

土曜日の実験室のフラスコに未来の愛がけむりていたり

ラベンダーの香りのきみを抱きとめる時の波
間に呑まれぬように

さびしんぼう

ひとがひとを恋うるさびしさ　鍵盤に涙の粒
はぽろぽろ落ちて

その日のまえに

ひこうき雲一本引きたるえんぴつにとし子の
指紋やさしく残る

雪まとう汽車過《よ》ぎるとき窓の辺のとし子の古
い詩集めくれる

生者死者生者の笑顔照らしおり夜空に咲ける
大き迎え火

笑うイルカ

ラッセンの絵を勧めたる美女去りて壁のイル
カと暮らしはじめる

ニッポンのニートがローン組む真昼ラッセン

の開けるドン・ペリニヨン

ラッセンの笑うイルカとヤマガタの四角い家
に囲まれた部屋

ラッセンの絵を買わされし同朋《はらから》の自動車工場
にしたたる汗は

泣きながらイルカの群れをちぎりおり昼の画
廊を遠景にして

地球研究

「ぶらり途中下車の旅」をゆく旅人《タレント》の人畜無
害をおもう朝なり

押し売りのヤクザ追い出す少4の少女に火星《マルス》の波動宿れる

サーベルを噛んで暴れるジェット・シンにも
老婆を避けるやさしさありき

「蹴る鳥」という名のアメリカ・インディアンの彫り深き皺が教えるなにか

インド人のみぎとひだりの手のひらの菌量の
違い知りたき夕べ

押し入れの主なり大き壜のなか紅茶キノコは

淋しく聳ゆ

ブロック塀に描かれた鳥居に手を合わす幼き
姉妹に涙あふれる

車にも人相ありて吾《あ》は嫌うフォルクスワーゲンの団栗眼《どんぐりまなこ》

チャップリンの食いたる茹でた革靴も旨いか
もしれぬカラシ和えれば

五十余年守り抜かれし「うな八」の秘伝の夕
レに育つ雑菌

砂漠で見る幻のごとローソンの青き看板灯り
ていたり

レディー・ガガが五指曲げるたびドヤ街の日
雇い労働者が寝返りをうつ

レディー・ガガもあいりん地区のニコヨンも
根っこではつながっている宇宙ぞ

ウルトラエレジー

ゼットンのあだ名に静まる秋の朝　転校生は

肩をいからせ

ぬるま湯を粘土にかけて混ぜておりジャミラ
のように悲しい昼は

エレキングの放電に照る湖のほとりで笑うニ

コラ・テスラ氏

夕焼けに伸びゆくメトロン星人の影に塗られ
て言いしさよなら

セキセイインコがガッツ星人に見えるまで酔
いし夜あり追いつめられて

じょっきりと未練の縄を切ってくれバルタン
星人よその大きハサミで

東京グレーゾーン

カツアゲに遭える少年跳ねておりマサイの狩
りの儀式のごとく

魂は図書室にいる吉村がロックフェス最前列
で醒めている

いい女、されどメアドのakachan-
minagoroshi@に警戒してる西麻布の夜

ファミレスの鉄板の上《え》でさりげなく幼虫を焼
いているレジャナルド

ワイヤーに猿之助のごと吊るされて女湯覗く
夢を見しかな

道の辺に漂う微風が昭和五十六年一月の町に
迷いこむ

病室の友の書棚で立ったまま狂っていたよ
『ドグラ・マグラ』は

自転車を沼に沈めて微笑みし月光の夜の夢野

久作

小惑星爆発の図を念じつつ尿路結石ひとつ滅せり

くろぐろと長押《なげし》に積もる塵埃　家系のカルマ
断ちがたきかも

運転手も家族もみんな立っている人生ゲーム
の外車《コマ》の静けさ

ああ父の毒舌の毒で部屋中の虫という虫が死
にかけている

春と宇宙人からの連想

彦根城のプラモデルだけ残されて春の視聴覚
室は暮れゆく

そこにMONO消しゴム置けば完成する22世紀の枯山水

彫り深きモアイの視線の先にある謎の惑星が
俺のふるさと

スフィンクスの両目の放つ光線が俺のチャクラを刺激するから

地下鉄が水槽となるつかのまにアトランティ
スは沈みゆきたり

『バガヴァッド・ギーター』を掌《て》でスキャン
するインド映画のロボットやよし

なめくじテレポーテーション

いつのまにか消えたナメクジ　玄関まで「伯方の塩」を持ってきたのに

なめくじのテレポーテーション数えつつこの
遊星の冬を耐えおり

テレビにも読書にも飽きた。乗りたいぜ、砂漠を走るロールスロイスに

見たいぜよ　新人歌手のアパートの風呂敷に
包まれているオシラサマ

外灯に両手を伸ばしＵＦＯに吸われるひとの
真似するサミー

ふりむけば女性万引きGメンのサンバイザー
に映る冬薔薇

世を統《す》べるマザーブレインに手榴弾投げつけ
る猛者はここにおらぬか

中庸フリーウェイ

ユーミンぽく言えば僕らの教室は右に見える
競馬女子、左に工場長

担任のダジャレ無視する乙女らにMONO消
しゴムの角の鋭さ

いつまでも子供でいなよ　夕ぐれの窓に置かれたチェリーボンボン

なにもかもめんどくさいぜ。アルマーニ着た
まま風呂に浸かれる夕べ

シャンプーの容器の底に黴見えて盲愛に似た
夏が終わりぬ

天井まで「少年ジャンプ」積んでいた小坂の
部屋から見えた夕焼け

アスペルガーの級友多し　疑わしき昭和五十
年産の粉ミルク

無口なるバイト店長カラオケで「リンダ リンダ」を歌い狂えり

青春も揚げていたのか　あの夏の「つぼ八」
厨房怒鳴られながら

思春期に呪った古賀とふざけあう夢に香れる
イランイランよ

蟬丸をジョーカーにして騒いだね　冬のロッジは童貞の園

飛ぶ蝿をぷつりと箸でつまみたる老師に弟子入りしたき夕刻

拍子木を打ちながらくる酒井氏のドッペルゲ
ンガーに涙湧きたり

押し入れの少女に既視感《デジャ・ヴュ》打ち寄せて春の小部
屋は沈みゆきたり

あとがき

僕にとって四冊目となる歌集です。第三歌集『抒情の奇妙な冒険』以来、七年ぶりの歌集となります。

その間に、朱川湊人さんとの共著『遊星ハグルマ装置』に多数の歌を収録しているので、年代的には、二〇一〇年~二〇一五年の作品となります。歌集のタイトルに「念力」という言葉を入れるのは、念力三部作の三作目『念力図鑑』以来です。十二年前に出版された第一歌集『念力家族』がNHK Eテレで連続ドラマ化され、二〇一五年三月より放送開始されました。

ドラマの反響が広がっていくなかで、歌人としての自分の本質は、一見おどろおどろしく見える念力的世界をロマンティックにファンタジックに描くことだと再認識しました。

そこで、初心にかえるつもりで「念力ろまん」というタイトルをつけました。

今回、矢吹申彦さんから装画を、大林宣彦監督から帯文をいただけたことは無上の喜びです。なんと「ノブヒコ先生」つながりです。

公私ともにお世話になっている矢吹さんは、和田誠さん、俵万智さん、僕との四人で一緒に歌仙を巻いている連衆でもあります。

矢吹さんは、はっぴいえんどのベスト盤「CITY」、ユーミンの「流線形'80」など数々の名盤ジャケットを手がけてきたイラストレーターであり、七〇年代の CITY POP に異常なまでに思い入れがある自分のような者からしたら、カリスマ的な存在です。

今回、そんな僕の趣味嗜好を汲みとって素晴らしい装画を描き下ろしてくださいました。見る人が見たら「おっ」となるオマージュもあり、喜びも一入です。

天に向かって屹立する水晶は矢吹さんのアイディアですが、この絵の水晶のように神秘的で力強い歌を作っていきたいという思いを新たにしました。

帯文をくださった大林宣彦監督に初めてお会いしたのは、二十歳の頃です。

受験失敗の傷心旅行を兼ねた尾道「大林映画ロケ地めぐり」の旅の最中に偶然遭遇したのです（しかも二年連続で！）。そのとき、握手をお願いしたのですが、あのときの一瞬にしてすべての傷が癒えるような監督の大きくてあたたかい手の感触を生涯忘れることはないでしょう。

それ以降、なにかとお世話になり、二〇〇八年には、映画「その日のまえに」に出演させていただきました。永作博美さん扮するとし子の兄役、南原清隆さん扮する健太の義兄役という身に余る役どころでした。いまでもときどき「あれは夢だったのかなぁ……？」と思うくらいの至福の体験でした。

本歌集には、「その日のまえに」をはじめとする大林映画への想いを込めたオマージュ連作

「A MOVIE　~大林宣彦監督に捧げる~」を収録しています。

図らずも矢吹さんの描く水晶と見事に響き合うような美しくて力強い帯文を賜り、歓喜しております。

大林監督には、ちょうど同じタイミングで、文庫『念力家族』（朝日文庫）の解説文も賜りました。こちらもこのうえなく素晴らしい文章なので、ぜひご覧いただきたく思います。

お二人をはじめ、書肆侃侃房の田島安江さん、いつも見守ってくださる岡井隆先生、加藤治郎さん、本歌集を出版するにあたってお世話になったすべてのみなさまに感謝の念を捧げます。

二〇一五年　四月

笹　公人

■著者略歴

笹　公人（ささ・きみひと）

1975年東京生まれ。

「未来」選者。現代歌人協会理事。大正大学客員准教授。文化学院講師。

歌集に『念力家族』『念力図鑑』『抒情の奇妙な冒険』。

他に『念力姫』『笹公人の念力短歌トレーニング』、絵本『ヘンなあさ』（本秀康・絵）、和田誠氏と共著『連句遊戯』、朱川湊人氏との共著『遊星ハグルマ装置』などがある。

NHK Eテレにて、連続ドラマ「念力家族」が放送中（2015年3月30日～）。


「現代歌人シリーズ」ホームページ　http://www.shintanka.com/gendai

現代歌人シリーズ3
念力ろまん

二〇一五年五月二十五日　第一刷発行

著　者　笹　公人
発行者　田島 安江
発行所　書肆侃侃房（しょしかんかんぼう）
〒八一〇-〇〇四一
福岡市中央区大名二-八-十八-五〇一
（システムクリエート内）
TEL：〇九二-七三五-二八〇二
FAX：〇九二-七三五-二七九二
http://www.kankanbou.com　info@kankanbou.com

DTP　黒木 留実（書肆侃侃房）
印刷・製本　アロー印刷株式会社

ISBN978-4-86385-183-2　C0092

現代歌人シリーズ 既刊

現代短歌とは何か。前衛短歌を継走するニューウェーブからポスト・ニューウェーブ、さらに、まだ名づけられていない世代まで、現代短歌は確かに生き続けている。彼らはいま、何を考え、どこに向かおうとしているのか……。このシリーズは、縁あって出会った現代歌人による「詩歌の未来」のための饗宴である。

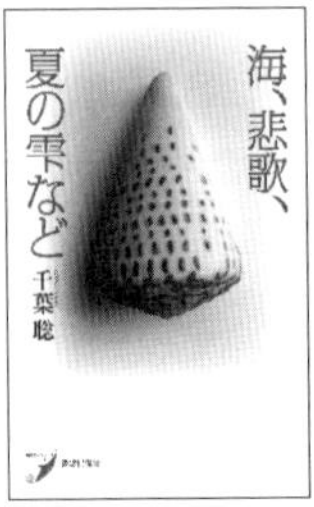

1. 海、悲歌、夏の雫など　千葉 聡

四六判変形／並製／144ページ　定価：本体 1,900 円＋税
ISBN978-4-86385-178-8

元気がありすぎるクラスの担任として
ドラマがありすぎるバスケ部の顧問として
小さな黒板に毎日短歌を書く国語教師として
情熱が空回りしてばかりの駆け出し歌人として
ひたすら汗をかき続けたひと夏のものがたり。

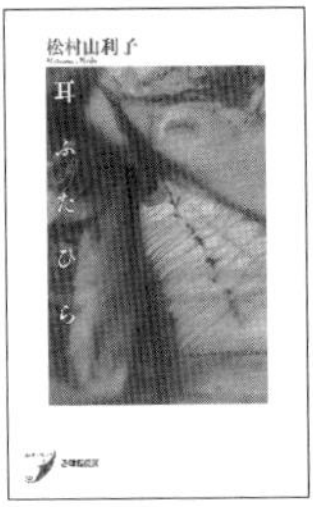

2. 耳ふたひら　松村由利子

四六判変形／並製／160ページ　定価：本体 2,000 円＋税
ISBN978-4-86385-179-5

潮鳴りや降り注ぐ雨は身体の深いところへと浸みこみ
やがて豊かな流れとなってあふれ出す。
その響きに耳を澄ますとき
新しい歌が聞こえる。

以下続刊

新鋭短歌シリーズ

好評既刊 ●定価：本体1,700円＋税　四六判／並製（全冊共通）

［第 1 期全 12 冊］

1. つむじ風、ここにあります　木下龍也
2. タンジブル　鯨井可菜子
3. 提案前夜　堀合昇平
4. 八月のフルート奏者　笹井宏之
5. NR　天道なお
6. クラウン伍長　斉藤真伸
7. 春戦争　陣崎草子
8. かたすみさがし　田中ましろ
9. 声、あるいは音のような　岸原さや
10. 緑の祠　五島　諭
11. あそこ　望月裕二郎
12. やさしいぴあの　嶋田さくらこ

［第 2 期全 12 冊］

13. オーロラのお針子　藤本玲未
14. 硝子のボレット　田丸まひる
15. 同じ白さで雪は降りくる　中畑智江
16. サイレンと犀　岡野大嗣
17. いつも空をみて　浅羽佐和子
18. トントングラム　伊舎堂　仁
19. タルト・タタンと炭酸水　竹内　亮
20. イーハトーブの数式　大西久美子
21. それはとても速くて永い　法橋ひらく
22. Bootleg　土岐友浩
23. うずく、まる　中家菜津子
24. 惑亂　堀田季何